AMOR

Publisher's Cataloging-In-Publication Data
(Prepared by The Donohue Group, Inc.)

Names: Cisneros, Sandra, author, illustrator. | Valenzuela, Liliana, 1960- translator.
Title: Puro amor : a story / [text and line drawings] by Sandra Cisneros ;
translated into Spanish by Liliana Valenzuela.
Other Titles: Quarternote chapbook series ; [15].
Description: First edition. | Louisville, KY : Sarabande Books, [2018] | Bilingual.
Parallel text in English and Spanish on opposing pages.
Identifiers: ISBN 9781946448217 | ISBN 9781946448255 (ebook)
Subjects: LCSH: Married women--Fiction. | Man-woman relationships--Fiction. | Love--Fiction. | Animal
rescue--Fiction. | Human-animal relationships--Fiction. | Bilingual books.
Classification: LCC PS3553.I78 P87 2018 (print) | LCC PS3553.I78 (ebook) | DDC 813/.54--dc23

Interior and exterior design by Danika Isdahl.
Illustrations by Sandra Cisneros.

Manufactured in Canada.
This book is printed on acid-free paper.
Sarabande Books is a nonprofit literary organization.

This project is supported in part by an award from the National Endowment for the Arts. The Kentucky Arts Council,
the state arts agency, supports Sarabande Books with state tax dollars and federal funding from the National
Endowment for the Arts.

PURO AMOR

WRITTEN & ILLUSTRATED BY

SANDRA CISNEROS

SPANISH TRANSLATION BY LILIANA VALENZUELA

QUARTERNOTE CHAPBOOK SERIES #15

Sarabande Books
Louisville, KY

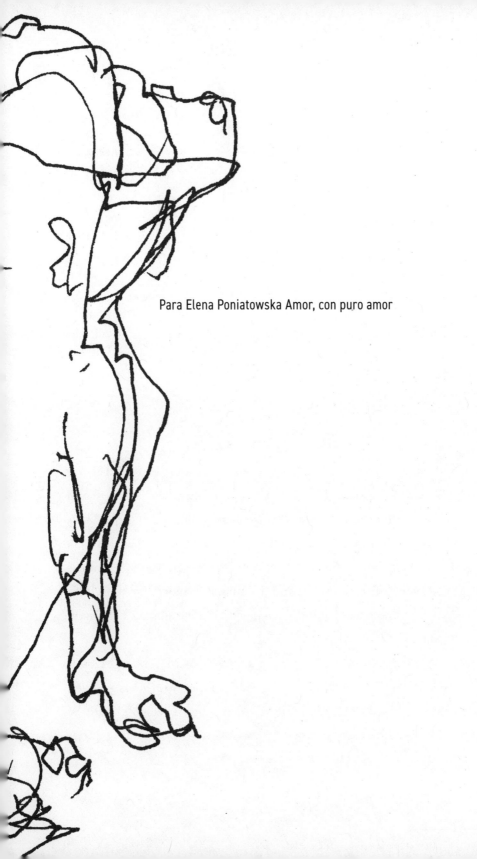

Para Elena Poniatowska Amor, con puro amor

Mrs. de Rivera fed the animals in the courtyard as soon as she got up. They made an awful racket, her animals, especially on the days she most wanted to sleep in, when her back bothered her. During the summer, the season of afternoon rain, the animals misbehaved the most, and on rainy days her bones misbehaved as well.

The neighbors claimed Mister and Missus had as many animals as if they were from a ranch. And the animals claimed the same. This was not a compliment coming from people, but the animals were more generous and civilized and saw things differently.

The animals were only a part of a long list of Mister and Missus's eccentricities. The way they lived, for example, with poor people's furniture when they could've well afforded better. The light fixtures in

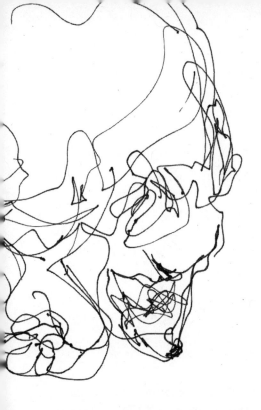

La Sra. de Rivera les daba de comer a los animalitos en el patio tan pronto como se levantaba. Hacían un gran escándalo, sus animalitos, sobre todo en los días en que ella más ganas tenía de dormir hasta tarde, cuando le dolía la espalda. Durante el verano, en la época de las lluvias vespertinas, los animales se portaban peor y en los días lluviosos los huesos de ella también se portaban mal.

Los vecinos decían que el señor y la señora tenían tantos animales como si fueran del rancho. Y los animales afirmaban lo mismo. Esto no era un cumplido de parte de la gente, pero los animales eran más generosos y civilizados y veían las cosas de otra manera.

Los animalitos eran sólo parte de una larga lista de las excentricidades del señor y la señora. Cómo vivían, por ejemplo, con muebles

their rooms, ugly naked bulbs dangling from dusty cords. The outside walls of their house painted a gaudy cobalt blue, a hue so bizarre everyone in the *colonia* knew the address simply by saying *"la casa azul."*

Mister, after all, was an artist known across the republic and beyond. A circus of admirers arrived at all hours and left at all hours singing in Russian, Chinese, English, and French. Sometimes gunshots were heard, for it was well known in all of Coyoacán that Mister liked nothing better than to fire his pistol in the air when he was feeling content after his mescal.

And that was not all. *¡Ay, no!* It was a fact the Mister and Missus were not believers. They lived dissolute lives. Hollywood starlets, the wives of millionaires, as well as the mistresses of powerful politicians posed for their portrait naked in front of the Mister. And this with the Missus's knowledge and approval. A barbarity!

Oddest of all, Mister and Missus had no children, though they were well into middle age. This was why they could indulge and over-indulge themselves with animals. More than some thought healthy.

Some *animalitos* were rescued from the streets because they looked, to Mr. Rivera's eyes, like ancient Olmec pottery. Some were abandoned on their doorstep with flaccid bellies after giving the world too many gifts. Some Mister and Missus had given to each other, and some Missus fell in love with in secret, on excursions into the countryside, scooping them up and helping them into the car herself when her

de gente pobre cuando bien podrían haberse comprado algo mejor. La iluminación de sus cuartos, feos focos pelones que colgaban de cables polvorientos. Los muros exteriores de su casa pintados de un azul cobalto chillante, un tono tan extraño que todos en la colonia simplemente la conocían como "la casa azul".

El señor, después de todo, era un artista conocido en toda la república y más allá de ésta. Un circo de admiradores llegaba a todas horas y salía cantando en ruso, chino, inglés y francés. A veces se oían disparos, pues era de todos conocido en Coyoacán que no había cosa que le gustara más al señor que echar unos tiros al aire con su pistola cuando se sentía contento después de su mezcal.

Y eso no era todo. ¡Ay, no! Era el hecho de que el señor y la señora no eran creyentes. Vivían vidas de libertinaje. Las *vedettes* de Hollywood, las esposas de los millonarios, así como las queridas de políticos poderosos posaban desnudas frente al señor. Y eso con el conocimiento y el consentimiento de la señora. ¡Qué barbaridad!

Lo más extraño de todo, el señor y la señora no tenían hijos, aunque ya estaban entrados en años. Por eso podían darse gusto y regusto con los animales. Más de lo que algunos creían que era sano.

Algunos animalitos eran rescatados de las calles porque parecían, a la manera de ver del Sr. Rivera, como antigua cerámica olmeca. Algunos eran abandonados a sus puertas con panzas flácidas después de haberle dado al mundo demasiados regalos. Algunos el señor y la señora se habían regalado mutuamente y de otros la señora se

husband wasn't looking; he was jealous. These Mrs. de Rivera loved the most, because their eyes were filled with grief.

Among the animals living in the household was a bad-tempered *guacamayo*—a passionate, possessive macaw, who flew into rages, scattering seed cups and upsetting his water, cursing in several languages.

There were the six hairless dogs who waited patiently for Missus to rise before beginning their day, warming her back, radiating heat like meteorites, and when she moved, their intelligent heads alert, their ears fluttering gently like the wings of a butterfly, greeting her always with infinite joy.

Cats—there were several varieties, feral as well as tame. One as fat as a Buddha, one as elegant as a carved Egyptian, one who looked like a dirty bath mat, and one who repeated all day, "Me, me, me, me."

There was a little fawn who tap-tapped her way throughout the house like a blind woman, ears and nose swallowing air, a lovely creature with a silvery coat flecked with hail. And there were, at various times, many others, elegant and inelegant, some adoring and some indifferent, who shared their residence with the Mister and Missus. Tempestuous monkeys, nervous tarantulas, lethargic iguanas, and on occasion, most troublesome of all, orchids, as imperious and spoiled as an emperor's favorite courtesan.

The animals consumed more than food. They devoured Mrs. de Rivera's attention from the moment she opened her eyes. Even before she opened her eyes. The dogs pawed and rubbed themselves on her

enamoraba en secreto, en excursiones por el campo, recogiéndolos y metiéndolos en el coche a escondidas de su esposo; él se ponía celoso. Estos eran los que la Sra. de Rivera más quería, porque sus ojos estaban llenos de pena.

Entre los animales que vivían en la casa estaba un guacamayo malhumorado, apasionado, posesivo, que hacía corajes, regando las semillas de su recipiente y derramando el agua, maldiciendo en varios idiomas.

Había seis perros sin pelo que esperaban pacientemente a que la señora se levantara antes de comenzar su día, calentándole la espalda, radiando calor como meteoritos, y cuando ella se movía, sus inteligentes cabezas alerta, sus orejas aleteando con delicadeza como las alas de una mariposa, la saludaban siempre con una alegría infinita.

Gatos: había una variedad, tanto salvajes como mansitos. Uno tan gordo como un Buddha, otro tan elegante como un egipcio tallado, otro que parecía un tapete de baño sucio y otro que repetía todo el día, "mío, mío, mío, mío".

Había un venadito que repiqueteaba por la casa con sus pezuñas como una mujer ciega, sus orejas y hocico tragando aire, una criatura hermosa con un pelaje plateado salpicado de granizo. Y hubo, en varias épocas, muchos más, elegantes e inelegantes, algunos cariñosos y otros indiferentes, que compartieron su residencia con el señor y la señora. Monos tempestuosos, tarántulas nerviosas, iguanas letárgicas y, a veces, las más problemáticas de todas, las orquídeas, tan imperiosas

y chiqueadas como la cortesana favorita del emperador.

Los animales consumían más que comida. Devoraban la atención de la Sra. de Rivera desde el momento en que ella abría los ojos. Aun antes de que abriera los ojos. Los perros la toqueteaban con las patas y se sobaban contra su estómago y columna. Dormían sobre su almohada almidonada bordada en hilo de seda: "Amor Eterno". Traían tierra a su cama, hurgaban con el hocico debajo de las cobijas, se acurrucaban en el hueco detrás de las rodillas, la protuberancia de su estómago, las plantas de sus pies. Insistían e insistían. Y cuando ella cerraba con llave la puerta de su recámara, ellos arañaban, tocaban con sus patas y rogaban, destruyendo la madera con su urgente devoción, descarapelando la pintura de las puertas, dando un zurriagazo y traqueteando las manillas de las puertas, cojeando y luego evadiendo las escobas de los sirvientes y arrodillándose detrás de la puerta de ella como los Reyes Magos llenos de adoración ante el recién nacido Jesús.

Cuando había estado bien de salud, la señora solía guisar las comidas favoritas de su esposo y solía llevárselas en una canasta, envueltas en trapos de la cocina bordados y flores de buganvilla, y a veces envolvía los postres en hojas de plátano. "Eres mi cielo", decía el trapo. Ella misma lo había bordado. La comida también era de su manufactura.

De vez en cuando la Sra. de Rivera tomaba un lápiz o un pincel y se aventuraba a pintar imágenes de su vida, porque ella era el tema que mejor conocía. A la señora le gustaba hacer cosas. Bordar. Coser.

belly and spine. They slept on her starched pillow embroidered in silk thread—"*Amor Eterno.*" They brought dirt into her bed, nosed their way under the blankets, curled themselves in the nook behind the knees, the swell of her stomach, the soles of her feet. They insisted and insisted. And when she locked her bedroom door, they scratched and pawed and pleaded, destroying the wood with their urgent devotion, peeling the paint from the doors, swatting and rattling the doorknobs, hobbling and then dodging the servants' brooms, and kneeling outside her door like the adoring Magi before the just-born Christ.

When she had been well, Missus cooked her husband's favorite meals and brought them to him in a basket wrapped with embroidered dish towels and bougainvillea blossoms, and sometimes wrapped the desserts in banana leaves. "You Are My Sky," the dishcloth said. She had embroidered it herself. The meal was her handiwork as well.

On occasion Mrs. de Rivera picked up a pencil or paintbrush and ventured to draw pictures of her life, because she was the subject she knew best. The *señora* liked to make things. Embroidery. Sewing. Baking. Gardening. Flowers arranged in Oaxacan black pottery. Fruit placed in pyramids like in the market. The colors of the walls and the colors of the furniture, she mixed and painted these herself so that they would turn out just the right hue of *mamey* orange, Manila mango, *xoconostle* magenta.

"What a lot of bother!" people said. "What a lot of trouble and work!" But work is something you don't want to do, and the things

14

you enjoy are not work but the day's best moments. Mrs. de Rivera liked to make her special meals for her husband, to paint the walls, her nails, do her hair in elaborate braids adorned with flowers, arrange the house so that when her husband raised his eyes from his soup, he would feel happy, he would feel he was in his home.

This was her gift to him. People hissed this was too much. "He's spoiled." "He's a fat toad." "He's always chasing after women, the Mister." But his wife saw only too clearly his flaws and loved him anyway.

This is how much I adore you, this much, ay, *how much.* As if he were her little boy and not her husband.

He was used to being adored, to have her look at him the same way the animals looked at her, with devotion and gratitude, as if they were all sunflowers radiating light.

She had to do this. Her husband was famous.

"*Ay, qué lata ser famoso,*" Mister would say at first as a joke, and later because it was so very true, it *is* a lot of trouble being famous. Because Mrs. de Rivera was not famous, she had time to make sure her husband was taken care of, so that he could go on working. He left at dawn and he came home late. Sometimes he did not come home at all, but slept at work in his clothes, *pobrecito.* This was why Mrs. de Rivera did not mind taking him a clean change of clothes and hot lunch herself. She did not send the servants. He worked hard painting frescoes taller than their blue house. She dressed so that she would be

Hornear. Trabajar en el jardín. Flores arregladas en la cerámica de barro negro de Oaxaca. Fruta dispuesta en pirámides como en el mercado. Los colores de las paredes y los colores de los muebles, los mezclaba ella misma para que quedaran del tono justo de naranja mamey, mango de Manila o magenta xoconostle.

"¡Cuánta lata!", decía la gente. Pero el trabajo es algo que no quieres hacer y las cosas que disfrutas no son trabajo, sino los mejores momentos del día. A la Sra. de Rivera le gustaba hacer sus comidas especiales para su marido, pintar las paredes, pintarse las uñas, peinarse con trenzas elaboradas adornadas de flores, arreglar la casa para que cuando su esposo levantara la vista de su sopa, se sintiera feliz, sintiera que éste era su hogar.

Esto era lo que ella le regalaba a él. La gente rechiflaba que esto era demasiado. "Está muy consentido". "Es un sapo gordo". "Siempre anda detrás de las mujeres, el señor". Pero su esposa veía con demasiada claridad sus defectos y lo amaba de todas formas.

Te adoro tanto tanto, así de muchísimo, ay, cuánto. Como si él fuera su hijito y no su esposo.

Él estaba acostumbrado a que lo adoraran, a que ella lo mirara de la misma forma en que los animales la veían a ella, con devoción y gratitud, como si fueran todos ellos girasoles irradiando luz.

Ella tenía que hacerlo. Su esposo era famoso.

"Ay, qué lata ser famoso", decía el señor al principio de broma y luego porque es tan cierto, pues *era* un gran problema ser famoso. Como

a flower, too, radiating light.

Because I love you, I cannot be with you. You are like a rabid dog I can only watch from a distance. You bite and hurt me, even though you do not mean to hurt me.

Sometimes she locked herself away from him, but she could never lock him out, because love is like that. No matter how much it bites, we enjoy and admire the scars.

Sometimes Missus lacquered a table, and sometimes she smoked her *cigarritos de yerba mala,* and sometimes she cooked, and sometimes she crossed her arms and sat on a step in the garden and exhaled and rubbed the ears of her favorite dog, Chamaquito. And sometimes she drank her tequila and swore and made sure she swore like a man, so as to fortify herself and keep the world from thinking her too fragile because of her ill health.

"You son of a mother who . . ." And the parrot would finish the phrase.

When Missus was young, she'd worn trousers like her husband and helped him with his work. But now that she was ill, she stayed indoors more and more, only going out to the garden. Only preparing some portion of her husband's meals. Sending the girl out to the market, and not shopping for the food herself. She'd learned to cook from his former wife, because she knew if she didn't, he'd go back there hungry for more than food.

On the days she did not feel well enough to rise, Missus stayed in

la Sra. de Rivera no era famosa, tenía tiempo para asegurarse de que su esposo estuviera bien cuidado, para que pudiera seguir trabajando. Él salía de madrugada y llegaba tarde a casa. A veces ni llegaba a casa, se quedaba dormido en su trabajo con la ropa puesta, pobrecito. Por eso a la Sra. de Rivera no le molestaba llevarle un cambio de ropa limpia y comida caliente ella misma. No mandaba a los sirvientes. Él trabajaba duro pintando murales más altos que su casa azul. Ella se vestía para poder también ser una flor, irradiando luz.

Porque te quiero, no puedo estar contigo. Eres como un perro rabioso y sólo puedo verte a la distancia. Me muerdes y me hieres, aunque no sea tu intención herirme.

A veces ella se encerraba para alejarse de él, pero nunca podía encerrarlo afuera a él, porque el amor es así. No importa cuánto muerda, lo disfrutamos y admiramos las cicatrices.

A veces la señora laqueaba una mesa y a veces se fumaba sus cigarritos de yerba mala y a veces cocinaba y a veces se cruzaba de brazos y se sentaba en el escalón del jardín y exhalaba y frotaba las orejas de su perro favorito, Chamaquito. Y a veces se tomaba su tequila y maldecía y se aseguraba de maldecir como un hombre, para fortificarse y no dejar que el mundo pensara que ella era demasiado frágil debido a su mala salud.

"Hijo de tu madre que ... ." Y el perico terminaba la frase.

Cuando la señora era joven, había usado pantalones como su marido y lo había ayudado con su trabajo. Pero ahora que estaba enferma,

bed, and her husband came into her room and sat on the edge of the bed. His weight was familiar to her and was as much a part of her life as the garden and his work and the food they ate together.

"My little girl," he would say, but it was really *he* who was her little boy. "My little boy," she would say, because this was true. They took turns being mother and father, instead of man and wife, because that part of their life had passed already, and with both sets of parents dead, they were orphans in the universe, and they needed and wanted each other as much as children.

Today Mister had left without sitting on the edge of the bed. He often did not come in anymore, and she often did not even notice this. They went on living with each other, and sending their love to one another through the things they loved in common. A slice of watermelon. The dog Señor Xolotl. A plate of steaming green rice.

On the days when the sky was the color of pewter and the clouds hurried by like women on their way to the market, when the afternoon rains began in thin drizzles and then finished so hard they bent the calla lilies at their stalks, she did not feel like working at anything but sleep.

She would've stayed in her room and asked for a little broth and a corn tortilla rolled tight as a Cuban havana, but the dogs were waiting for her to walk with them. Mrs. de Rivera was not in a mood to walk. She ate what she could, and then she let herself be combed, and the dogs adjusted and readjusted themselves as she rolled about, always

se quedaba en casa más y más, sólo salía al jardín. Sólo preparaba una porción de las comidas de su marido. Mandaba a la muchacha al mercado y no compraba la comida ella misma. Ella había aprendido a cocinar de la ex esposa de él, porque sabía que de no hacerlo, él regresaría allá con hambre de algo más que comida.

Los días en que no se sentía lo suficientemente bien como para levantarse, la señora se quedaba en cama y su esposo entraba a su cuarto y se sentaba a la orilla de la cama. Su peso le era familiar a ella y era tan parte de su vida como el jardín y el trabajo de él y la comida que comían juntos.

"Mi niñita", le decía, pero en realidad era *él* quien era su niño. "Mi niñito", le decía ella, porque era la realidad. Se turnaban siendo madre y padre, en vez de marido y mujer, porque esa parte de su vida ya había pasado y con los padres de ambos ya muertos, eran huérfanos en el universo y se necesitaban y se querían entre ellos tanto como niños.

Hoy el señor se había ido sin sentarse a la orilla de la cama. A menudo ya ni venía y ella a menudo ya ni siquiera lo notaba. Siguieron viviendo el uno con el otro, y mandaban su amor el uno al otro a través de las cosas que amaban en común. Una rebanada de sandía. El perro Sr. Xolotl. Un humeante plato de arroz verde.

En los días en que cielo se ponía del color del peltre y las nubes se apresuraban como mujeres de camino al mercado, cuando las lluvias de la tarde comenzaban con una fina llovizna y terminaban tan duro

making sure they were touching her when they resettled.

When she finally rose from the bed, they leapt like acrobats, they pirouetted like dervishes, they made her laugh. And when she laughed she did sound like a girl. Mrs. de Rivera could look at photos of herself when she married her husband and say with complete honesty that back then, she was just a girl. But now, though her hair was only beginning to silver, and her teeth were rotten stumps, and all the organs and bones had been simmering and broken and aching, she could admit she was sliding into decline.

Visitors asked, "How are you?"

"Well, I'm still here, no?"

So it was.

The truth was that the Mister had always been dishonest. Not with his feelings but with his heart. He would be the first to tell you how honest he was about his dishonesties. He was like a chronic bed-wetter; he could not control himself. He would always be a bed-wetter even if he were not given a drop to drink. He had no wish to overcome this weakness. A big overgrown child indulging in whatever he saw, his eyes bigger than his *pajarito*.

And so Mrs. de Rivera surrounded herself with animals. For what could be better than creatures when one has been betrayed, what finer emblem of loyalty and steadfastness and pure love.

Puro amor y amor puro. That's what each pet gave her, pure and

que doblaban los alcatraces a la altura del tallo, ella no tenía ganas de trabajar en nada más que en el sueño.

Se hubiera quedado en su recámara y pedido un caldito y una tortilla de maíz bien enrollada como un puro cubano, pero los perros la esperaban para que los sacara a caminar. La Sra. de Rivera no estaba de humor para caminar. Comió lo que pudo y luego dejó que la peinaran, y los perros se ajustaron y se reajustaron mientras ella se daba vuelta, asegurándose siempre de estarla tocando cuando se reacomodaban.

Cuando por fin ella se levantó de la cama, ellos saltaron como acróbatas, dieron piruetas como derviches, la hicieron reír. Y cuando se reía sí sonaba como una niña.

La Sra. de Rivera podía ver las fotos de sí misma cuando se casó con su esposo y decir con toda honestidad que, en ese entonces, era sólo una niña. Pero ahora, aunque su cabello apenas comenzaba a platearse, y sus dientes eran raigones podridos, y todos sus órganos y huesos habían estado hirviendo a fuego lento, rotos y adoloridos, ella podía admitir que estaba cayendo en el deterioro.

Las visitas le preguntaban, "¿Cómo estás?"

"Bueno, todavía estoy aquí, ¿no?"

Así era.

La verdad era que el señor siempre había sido deshonesto. No con sus sentimientos sino con el corazón. Él sería el primero en decirte lo

clean. Pure love and only love. Who wouldn't want that?

"*¿Quién quiere amor?*" Missus called out. It was as if she were giving away treats and not simply love, for the creatures rose from all corners of the house and courtyard.

The little deer hobbled forward on slippery tiles, protruding her gentle snout timidly through the doorway as if asking permission to enter. Sleepy tarantulas scuttled across the garden as if startled from a delicious hibernation. Dappled orchids nodded their graceful heads from elegant stems in approval. Cats clambered down from secret hiding places and approached gingerly as if asking, "*¿Mande usted?*" You commanded? Iguanas, hidden behind a fence of organ cacti, shook their prehistoric manes and all the colors of the rainbow glinted from their flesh. Monkeys set the tallest trees trembling and sent down a fine snowstorm of dung dust.

The *guacamayo*, who had the most acute hearing of all the household, stretched out his feathered neck, revealing flesh as pink as a toreador's stockings, batted magnificent wings, bobbed like a prizefighter, the black orbs of his eyes growing larger, then smaller, larger, smaller, until finally he shrieked with wicked pleasure, "*¿Quién quiere amor?*" in the voice of a crone, as if making a mockery of the Missus.

The click-click-click of their nails announcing them, the six *xolos* burst into the Missus's room, exuberant as clowns through paper rings, leaping onto her ruffled bed without waiting for an invitation.

honesto que era con sus deshonestidades. Era como un incontinente crónico, no podía controlarse. Siempre sería un incontinente aunque no le dieran ni una gota de beber. No tenía ningún deseo de superar esta debilidad. Un niño grandote que se daba gusto con todo lo que veía, sus ojos más grandes que su pajarito.

Así que la Sra. de Rivera se rodeaba a sí misma de animalitos. Pues qué podría ser mejor que las criaturas cuando a uno lo han

traicionado, qué mejor emblema de lealtad y constancia y puro amor.

Puro amor y amor puro. Eso es lo que cada mascota le daba a ella, puro y limpio. ¿Quién no querría eso?

"¿Quién quiere amor?", llamaba la señora. Era como si ella estuviera repartiendo golosinas y no simplemente amor, pues las criaturas se levantaban de todos los rincones de la casa y el patio.

El venadito avanzaba cojeando sobre mosaicos resbalosos, asomando su delicado hocico tímidamente a la entrada como pidiendo permiso de entrar. Las tarántulas adormiladas se escabullían por el jardín como sobresaltadas de su deliciosa invernación. Las orquídeas moteadas asentían con sus gráciles cabezas que pendían de elegantes tallos en aprobación. Los gatos salían trepando de escondites secretos y se aproximaban cautelosos como preguntando, "¿Mande usted?" Las iguanas, escondidas detrás de una barda de cactos órganos, sacudían sus melenas prehistóricas y todos los colores del arcoíris destellaban sobre su piel. Los monos hacían sacudir los árboles más altos y arrojaban una fina nevada de polvo de popó.

El guacamayo, que tenía el oído más agudo de toda la casa, estiraba su cuello emplumado dejando ver piel tan rosada como las medias de un torero, batía alas magníficas, subía y bajaba la cabeza como un boxeador profesional, las órbitas negras de sus ojos engrandeciéndose, luego haciéndose más pequeñas, más grandes, más pequeñas, hasta que finalmente echaba un alarido con un placer perverso, "¿Quién quiere amor?", en la voz de una vieja, como burlándose de la señora.

"*Whew!* What a lot of work it is to love you," the Missus said. "What a lot of *lata. Son necios.* Troublesome." She brushed each dog, wiping the night from the eyes of each with the hem of her nightgown. "Hold still, Señor Xolotl," Missus instructed. "Come to me, Chamaquito. Paricutín, what a terror you are. Ixta, Orizaba, Xichú! Tell me the truth. *¿Quién los quiere?* Who loves you?"

They raised their obsidian eyes to Missus and answered without answering.

El clic-clic-clic de sus pezuñas anunciándolos, los seis xolos irrumpían en la habitación de la señora, exuberantes como payasos a través de aros de papel, brincando sobre su cama de olanes sin esperar una invitación.

"¡Fiú! Qué lata es quererlos", dijo la señora. "Son necios". Cepilló cada perro, quitando la noche de los ojos de cada uno con la bastilla de su camisón. "Quieto, Sr. Xolotl", instruía la señora. "Ven acá, Chamaquito. Paricutín, eres un terror. ¡Ixta, Orizaba, Xichú! Díganme la verdad. ¿Quién los quiere?"

Ellos alzaron sus ojos de obsidiana hacia la señora y contestaron sin contestar.

ACKNOWLEDGMENTS

My thanks to all who encourage my illustrations and to those who loaned them for this book:

Cover art and frontispiece, "Peanut/La Cacahuata," courtesy of Ester Hernández.

"Lucy One," pages 6 and 7 and "Lucy Two," page 12, with thanks to Kathy and Lionel Sosa.

"Titas," page 15, and "Chola," page 25, *gracias a* Flor Garduño.

"Barnitos," page 26, thank you, Macarena Hernández.

Gratitude as well to Gayle Elliott and Ray Santisteban. And *mucho amor, como siempre, a* Susan Bergholz.

Finally, *mil y un gracias a* Liliana Valenzuela, faithful friend, faithful translator.

"Puro Amor" was first published in an earlier English version by the *Washington Post*, 2015 Fiction Issue, August 6, 2015.

Keith Dannemiller

SANDRA CISNEROS is a poet, short story writer, novelist, and essayist, whose work explores the lives of the working-class. Her numerous awards include NEA fellowships in both poetry and fiction, the Texas Medal of Arts, a MacArthur Fellowship, several honorary doctorates and book awards nationally and internationally, and most recently Chicago's Fifth Star Award, the PEN Center USA Literary Award, and the National Medal of the Arts, awarded to her by President Obama in 2016. *The House on Mango Street* has sold over five million copies, has been translated into over twenty languages, and is required reading in elementary schools, high schools, and universities across the nation. Founder of awards and foundations that serve writers and a dual citizen of the United States and Mexico, Sandra Cisneros earns her living by her pen.

The Quarternote Chapbook Series honors some of the most distinguished poets and prose stylists in contemporary letters and aims to make celebrated writers accessible to all.

Sarabande Books is a nonprofit literary press located in Louisville, KY. Founded in 1994 to champion poetry, short fiction, and essay, we are committed to creating lasting editions that honor exceptional writing. For more information, please visit sarabandebooks.org.